新しい詩人05

背丈ほどあるワレモコウ

コマガネトモオ
Komagane Tomoo

思潮社

背丈ほどあるワレモコウ

コマガネトモオ

思潮社

目次

ヌル　10
ヒトの背丈ほどあるワレモコウ　12
体温　15
核心から最も遠ざかる　虹　20
最密充塡むい　23
おや、おまえいつからそこにいた？　28
みくまり草紙　31
きっかい　36
ホームスイートホームもぬけ　39
一致　43
遍在を見せる魔術　46
田園の朝と夜　pluripresence　49

癒合する海嶺　53
子午線通過　58
商・三つの手を順に数え上げる　63
光源を見る　70
耳の高さで　74
行灯三月　78
井戸の中の三つの首　81
虫の火　86
Open cluster　90

初出一覧　92

装画　佐々木悠佳
装幀　芦澤泰偉

背丈ほどあるワレモコウ

ヌル

爪と指との隙間。
このようなわずかな裂け目からも、
出る。

繁茂
草の根
焦土に萌芽
熱風
その日は朝から土木作業をしていた
かすかな光

仰いだ人は顔を焼かれた。
八方いずれも真向きであってはならない。

それから私たちは、　ふり向かない。
見上げない。

ヒトの背丈ほどあるワレモコウ

――底一面のかたしろ

横たわって
特に意識すれば
重力というものを感じることができる。
ほら、
とてつもなく引っ張られている。

こうする。朝になれば、底が抜ける

自然に床下へ落ちていく先　　　　　　どうか。
このまま平たく横たわると
蓋を閉められてしまう

開けて！
と、すぐ上となった床を叩く
よほど強く叩かなければ
あるはずのない音に　　　　　　　　どうか。
気づく者もないだろう……

このヒツジを数えていくと
背の下側に全身の血が下がるのがわかる
わかる。体温とともに
背中の触れるすぐ下へと溶け出すことも
数えていくと、ぬくぬくしない
固い冷たい身動きできない
入りたい

しまっている。露呈してしまっている。

飛び出してしまっている。風に転がる違和感がある。背を接するこの下に、この身体の分だけ何かある。何かいる。

さては床下にはすでに私の鏡像体でも入っている。押し出されるようにして、ちょうどそいつの分だけ私がさらされてしまっている。鏡像体・Dの存在が、いま、背面を鏡面に仕立て上げる。左の挙手に右手で応えよう。私たちはきっちりとかみ合う歯車である。ちょうどぐるりと回ってしまえば、交代することさえ可能である。思えばうつ伏せのDとはずっと、背中合わせの温もりを感じてきた。温もりを隔てるあわいが歯がゆい。本当に歯がかゆい。重力は特に感じようとすれば感じる。とてつもなく引っ張られている。押し潰してしまう。

体温

手放してみる
ひとつ
なぜ私は飛び出していかないのか

ごく
外表面に
ひとつの箱の
ような完結を見ている

とても広々と
した閉塞
だ

我々は
電離層をは
ね返ること
で地表に留まるわけではないのだ

手のひらを開いたところで
見ろ
私は飛び出していかない！

触れている限りこれが
球
であるとはとても思えないほど
我々は小さいんだ、ね

今一度遠のけ
見渡してみろ
離れて見ればこうも言えなくなる

ここから
こそあど上
二目盛りの移動を経て
ちょうど　球　に見えるだけの大きさを
我らは知りえた

生きていること自体は
すでに
coffin に詰め込まれた後だと言える
さあ
息を吹き返せ！
冷えた壁に　体温が奪われる
地球を周回する

実際は
隙間というものだけが、不可触だ
触れてもいない壁に、だが体温は奪われる
いま我々は
宇宙空間からであれ手をふる距離を、保つ
……弁別をようやく可能にする
ごくかすかな二点から鋭角の果て
焦点は
つむるように
結ばれる

泳いだ後の疲労
水から上がった直後には
自らの
正確な重さを知ることができるだろうか

水をふり切るように上がれば
ひざから安堵を感じて
大いなる誘引力を
垣間見よう

ただし
出ないに越したことはないというのは迷信や何かにすぎない

核心から最も遠ざかる　虹

泡は張力が何かしらを迂回するようにできた球面である。
一番遠くへ行くには
何も持たないことが肝要だと
言いたいわけでもなかった。
すると発泡とは迂回の連続で
一見遠回りのような方法が時に直線的な上昇に似ていくさまを
見るわけでもなかった。
泡の中にはいつの間にか蟻が紛れていたり蝶が紛れていたり
家が紛れていたり、たいてい我々の夢やら優しさが詰まっている。

表面にはよく見ると虹が渦まき、夢をあざ笑うかのような
極彩色のきわどさである。
さてこれは食卓のグラスに注がれた
炭酸水の観察であって、
卓上には他にパン、スープ、サラダなど理想的な朝食があるとしよう。

今ここに落雷を導こうとこのスープに原始生命《コアセルベート》は生じないほど
生ぬるいコンソメスープであるが
であるがしかし
吾はスウプをいただく手を止めて「あ」と言わず
大きく息を吸わない
こうして何かを洗い流そうとしない
木立の中を一目散に駆けることでも
草や人をかき分けて走ることでも
代用できるような息づかいでただ、
笑い飛ばそうとしている。

林のむこうには虹が……
胸にある
「一つのメルヘン」に
いましも現れるものと消えるもの
それまで気配もなかった影、川床は
胸元でほつれ
この先、行方を、分かつ……
際限がない

最密充填むい

私のムイシュキン公爵、
美しい、むい　ちゃん　へ
Lumen Coeli, Sancta Roza.

集まるのだった。

夕方、
土のごく表面から冷えてくる。
大樹の根元

木のうろ
ふさがることのない
幹表面
その隙間、下三寸、
刺さっている
葉の裏側
爪と指の隙間
その滴り
にじむ
うろ
指先
手のひら
つつみこむ
大樹の陰
幹の傷
ふさがることのない
うろ

梢

枝葉の先深く
樹液のにじむ
その隙間（下三寸、ほら、あいている）に、
あおい火
熟れた　むい、
肥えた　むい（その眼差し）、
老いた　むい（澄んで）が
集まるのだった。

びっしりと
熟れた実のようにはりついて
はりついたままゆっくり回転しながら
（むい　ちゃん、ずっと笑っていてよね）
覆い尽くしているのだった。
（むい　ちゃんが緩むと光がにじむ）
樹液にひかれてか、

集まるのだった。
できもののように、
集まるのだった。

宵越しを告げる　むい　の音
吸い込まれてしまう
響かない　むい　の羽音
息をこらして
なんとか聞こえる程度の　むい　の音
息をこらし
耳を澄まし
鼓動の合間
なんとか聞こえる程度の　むい　の音
それが集まるのだった。

集まってあおく灯るのだった。
明け方、かすかにあおく

灯り、重くなった　むい　で
うろ
幹の傷
爪と指の隙間
梢のリス
みんな、
たわむのだった。

おや、おまえいつからそこにいた？

浴槽にたくさんの枯葉やトンボが浮かんでいて、
大掃除になる
風呂場は思いのほかやわらかく、ブラシに沿って
磨けば伸びる
広がっていく浴室よりも速く！磨く
やっとのこと排水溝の水垢を除くとそこから
前に着ていた　ねまき　が着ていた順に、次々出てくる
それらを洗って着ることにした

掃除は記憶の整理の表現型である
一方で掃除の記憶をたどって行くと
部屋の中でもことさら整然とした
あれはおそらく　ねまき年代記
あれはおそらく　シモニデス
本棚に突き当たる
それぞれの一冊が
むしろ棚の中での位置によって
懐かしく記憶されている一方で
見覚えがないものもある
おや、と思う深紅の背表紙に
旧字体で　ドラキュラ　とある
手にとって表紙に返すと
万年が経ってしまった
もはや
箔がはがれてしまったうえに神代文字で書かれていて読めない
ただ実際は、神代文字でないことはわかる

なぜなら神代文字などないからだ
開くと中も活字が所々消えている
覚えのないページだが、端が目印に折られている
しょうがない、愛したページから朽ちていく
文字の中でも特に左側、主に偏の脱落が著しい
偏のこの副次性は
言語における右空間認識の優位性を示唆するだろう
見覚えのない
開いたページにはしかし
自分自身の幼い頃の筆跡で
物語のあらましが
続けて書き綴られてあったのだ！
　以下

ジュンサイの芽のごとく不可侵な！
ジュンサイの芽のごとく不可侵な！

みくまり草紙

なんてことない田園風景。

うね畝々、よね米々…
といったのどかな、
流れる
田園の勾配、百八度
午後なもので日射し、実にやわらか

小走りで

（御）約束を果たす。果たそう。

大（御）所、むしろ（大）（御）所
あなたを尊敬（し）（て）（い）マス
　ここにいるわ、師と私
（御）方、ここは風が強いです、ね。
　思わずと並んでしまった（ね）
（御）仁を呼び込み、有（難）い説法を施すためには
口上は流れに流すべきで

　（御）みそしる
　御）御）御）つけ（重量級）

（理）不尽に、
　う）そ）を）つけ（モスキートー）
というのはひどすぎるけれど
このようになるたけ

方違えによって（申）（し）（上）（げ）るのだった。

言葉を丁寧に切り刻んで
おもいやりによる負荷をはずし
所やつけを無害な重さに。そんな
（御）サムライとして
絶叫よろしく（ね？／そうね？／そうよね？）
配慮は無尽（蔵）であってしかるべく、
たとえば
「僕が死んだら、きも、あげる。」
などと（理）解を（拝）受するならば、
（慧）眼、恐れ（入）るようなかの（畏）友と
甘く解体するもよし。

（御）（尊）顔、（御）身体、
各々、分配に与りつつも（だいたい可能）
いずれは灰燼に帰す（代替不可能）

手順になっている。昔っから。

うね畝々、よね米々と
　実は、音としてはさらさらさら
続くのだから
流れなのだ
水分《みくま》りである此岸にて、それでも
自分はひと粒にまでほぐれてもありたく
日夜、
ダッシュ、脱兎、と念じて（参）（っ）た。
昨今、技術進歩に伴って、
高速移動つまり逃亡は
ある程度は可能になった。畝米は、
揺れる車窓に流れている（よね／うね）。
そうやって、分り（まり？　くまり？）
の流れに流れると
うず、ねずども、

畝、米、(三倍速)と
クモの仔散らして
脱兎
で兎
ご免、(御)免

八十よろず、ねず
行方は不明
よね米々…

きっかい

　なんでも急に、ロープをつたわなければならなくなったということだった。突如手渡されたものの重さをはかりかねながらも、それは貴重なものとお見受けした。両手でわきから包み込む。つかまない。すくうのだ。ねじれ目が二重三重、しっとりと掌底に吸い付く。臍帯を思わせる安堵。嗚呼、このらせんをいつからか、
知って、ゐた

ウィタ、その遍歴
主に四種の永久文字

ここから何処へと行き着くのか
この問いを常に受け入れ難いことが
思考のごまかしとなってたどれないのだ！
「なぜ我々は」
苦悶の時間の省略、
平安絵巻の雲居のように
土台の部分はいつも
煙に巻かれる

　視界が遮られれば代わりに聴覚が鋭敏になるというもの。鈴を転がす音がする。ということは笑みだ。銅鑼が鳴ってる。ということは大舞台が用意されている。タイヤをロープの先にくくりつけた遊具が用意されている。遊具は健康公園からの借り物だろう。昔は鳥居ももっと大きなものだと思っていた。百千《ももち》図体ばかりでかくなつちまつて。ここらも。こんなに狭くなくて。言ってはおおげさになるが、規則ではないもののみな「暗黙の了解」ばかりだった。

　たった向こう岸たった七階はまだ見えていない。たったたったたと騒ぎ立てる、ぼんやりしていればこだまは語尾だけを繰り返しているように しか聞こえない。しかし耳を澄ませば全文を繰り返しているようである。いやあれは、何人もいて、合唱をしているのかな。一体何人合唱隊がいるのであろうか。しかしそもそも誰もいないのだった。こだまは木霊であって、木々である。木々を分解すれば十人十人、とにかく人が多いのだった。

堂々巡りとなるのだった。万事こんな調子じゃ、息苦しくてかなわない。ハイホー。ハイホー。胞、人垣の後方で、子供たちは始終飛び跳ねている。包み込んでいる。包み込んでいる有様だった。たったこれだけだったが、鼻息も荒く言い放ってやる。肉でな包みそ、な人垣そ。息づかいは手に余る発奮を促した。人足そこら中ずっとむせていく。自分の番が来れば咳をしよう。音程さまざま、大合唱にも似て。なんて集まりに自分居た。

ホームスイートホームもぬけ

回転扉が玄関だった。厳密にどこからが「うち」なのか、判然としない。それだけの幅、厚みと言える。しかしいつだって、「私とあなた」を挙げるまでもなく、境界などあいまいなものである。

ほてった頬を冷たいガラス扉に押し付けて、目をつむる、涼をとる、身体の力をすべて抜く。重い扉がこの身体をゆっくりと味わうように回転し、飲み下す。全体重をあずけることのできる玄関扉は頼もしい。家にたどり着いた時点で人はしばしば、もうすでにそれ以上の余力など、微塵も残っていないから。屋内に倒れ込む前に、そろえた靴の要領で、すべての不安を脱ぎ置いてくることになる。もう安心していい。何もかも任せていい。体重をあずけさえすれば直径向こう、はじき込まれる。倒れ込むこの右頬を家の腹がやわらかく受け止める。そんな時、思わず右手を頬にあて、振り返ってしまうものである。

見れば何度も押し開かれた玄関は、みみず腫れができ痛々しい。何も語らないの？　ホーム。こうしたキャッチアンドリリースの優しさは、飲み尽くすだけで語ろうとしない。寡黙な私の家。受容の趣きを湛えて静まり返っている。

ともあれ、細かな気遣いはまだ続く。そうした意味では玄関ホールは腹より喉のあたりと言えるだろうか。入ってすぐの喉越し。右の階段は上がらない。上げられるのだ。下りてくる人がいれば摩擦で発電し、起こった電力で段差が動く。下りは、手すり部分の緩い勾配を滑り台同様滑り下りればよい。自分自身もまた下りで滑ることで、上がるためのエネルギーをためられる。

省エネ仕様の。

下落が上昇につながる永久循環がここに。

美しい、永久循環がここに。
環境指向型住宅ゆえん。
おどり場の窓からは乱立する風車。
と、それを隠すため、海の写真が映える。
風のある日もまた段差が動く道理である。
風の強い日には最上階へ到達できる。

　意志のいかんに関わらず、ひとまずロフトまで上げられると、ロフトから月蝕と日蝕と星蝕、人工衛星蝕を観測することができる。ロフトの窓は開かなくていい。天体に触れることがかなわないなら、ガラス越しで構わないのだ。その非の打ちどころのない輝きを、影を落とす淡い迷いとその払拭を、しなやかな精神を、力強い断定を、健全な光の再生を、いつまでも見届けていたい。ことそことを隔てる果てしない距離を推し量ることももうやめて（なぜなら初めから手を伸ばす気などないことをこのガラスでおわかりのはず）、ただ志向する、これは盲従ではない、憧れとはこういうものだ。
煙突経由でさらに上げられれば、屋根。

屋根の上が好きだ。
屋根に上がり、雲と屋根とのコントラスト、照り返すひとすじの地平が屋根、あの地平線までずっと屋根、どこまでも屋根、支柱は象、水をたたえた亀、支えるのはアトラス、この世界の屋根から、みな、御名でも呼んでいたい。
おーい！
手を振り
久々に大声を出すと
思っていたより自分の声が高くてびっくりした。

何ものにも取り込まれないで
吐き出されて、ある、
いま
屋根の上。

一致

　よく見てみると、ふすまの中心に小さくえんじの毛筆書で「弩」とある、あるいは「怒」とある、ということにようやく気づいた。「己心」かもしれない。人の気配に振り返ると
すでに文字が書き込まれた後だった
後ろ手に襖を閉める残像が見え隠れしている
目蓋の裏の下三寸
薄目を開けているのかな
寒気とは言わない
違和感が肌をかすめた

まぶしいほど白い手首の残像は
思い出そうとすればするほど緑と赤とが交互に入れ替わり
一定の色というものを描けない
足首の印象がおぼろげであるのが鮮明だ
ふすまの文字を濡らした雑巾で拭おうと試みるのだが、
乾くとまたすぐ浮き上がる
消えていない
奇妙なことに、さっさと消し去ろうと拭っているわりには、
動作が緩慢である
否待てよ
拭っているのはまたしても白い手首であるようだ
一体ここに何人いるのか
動きにつられて目が見開かれていく
ゆっくりと引き伸ばされたまばたきとも思える
間延びして、開きかけの静止、
これはもはや
まばたきの速度ではない

開かれていく内にも
文字は「草かんむりに声」という様相を呈していく
これが表意文字であることは、確かだ……！

遍在を見せる魔術

もはや空になった犬小屋の中には、
様々な植物の種子が散乱していた
こんなものを食べていたのだろうか

過ぎたことではない
時間が経ちすぎた今
あの術を試みるなら
おまえが口にしていたものから
失われたおまえの組成を同定したい

そうして不完全な素材をもとに、球体関節犬が出来上がる
それはでくであった
一応、共に屋根に上がってはみたが、一人沈む夕日を見送ってしまった
日が沈むと球体関節は一様にしなびた
西へ向かってはみたが
どうしても名を呼べなかった

「まぶたのその傷、ちぎれ耳、さてはおまえ……」
スケールによっては
最後の一ミリ　または
十二月三十一日午後からの出来事

小雨明けの真昼、明るい庭に
発芽を促す
土壌の再生能力を見る
この種子はまぶたに　同じ傷　を持つ

この膨大な時間の扱い方を知り尽くすことがない
もう五十億……いつまでも途上である
全貌を把握するには、さらなる尺度が必要だ
ひとつにはたとえば
この長さを　馬身　で測ろうか
このようにして　肉眼　は
ある距離を知るために
さらなる　肉付け　を待たなければならない

どれ程待てばいいのか。土葬場に揺らめく炎を目撃した者ももう地下の者だ。lumen philosophicum ならば見たことがある。数秒間視野に留まる、細長く移動する黄緑色の炎だった。あれはしかし流星だとも、メタンの燃焼だともいう。リンの自然発火はまだ見たことがない。

田園の朝と夜　pluripresence

駅であなたの複所同時存在性を見た
そろえた膝と膝とを　とてつもなく多肉質である、
などと形容し
怖がらせるのはもうやめる
やめるね
これまで
大変な思いをしてきたよねぼくら
たいさんぼく、とても呼ぼう
洋玉蘭と呼ぶ人もいる

肉厚の葉、肉厚の白い花
梅雨時見る
多肉質の花は
雨があがるとこげ落ちた
　長雨を、初めは、誰でも、
はじく
だから気づかれない
ゆっくりと瞳に熱を帯び
ちりちりと縁から丸まり
押し黙る
　じっと
肉厚の白い息を吐き
膝まで砂に埋まり
分け入ることはもう無理だ
足底を抜けていく砂粒を心地いいと思い
仰ぎ見る

そうか……
どこにでもいるのだなおまえは

……誰でもひとつやふたつ、抱えているもの。
これからはもう
花の名前で呼ぼう
小さきものに花の名を
施そう
愛そう
振りかざそう
かざすべきは愛の名である
頭上高く
小さき私たち
　ふと　反動は別の反動を呼ぶだけだね、父さん
お向きよ、お見せ、どれ
耳に飛び込んできた小虫
払いのける動作は込み入っていて手が

こんがらかるよね
　これまで
大変な思いをしてきたんだね
ここ
引き金は肘にある
いま手を伸ばせ
足元から血が通う
同じ血が通う、同じ肉を通わせたこの世の
山脈、姉妹、分水嶺は冴え
次々と起き上がる送電塔
はりつめる導線はあなたのためにある

癒合する海嶺

ああ、もう少しでほどけてしまう
　落ち着いてください
もう何も
　ごらんなさい
すむように目をつぶろう
　すぐすみますよ
いまとりあえず瞳を閉じよう
　閉ざす前に一つ教えてください
擦り切れてしまう

またよくこんなに透けて
目頭を
ごらんなさい
そっとして
よく動いているのが見えますよ
いっそ
目蓋を閉じているっていうのに
きつく結ぶんじゃなかった、と、しかし
瞳は文字通り目まぐるしく左右に行き来して
もはや意志の及ぶ範囲を越えていた

親密な話に戻そう。レオノーラ、そしてジゼルへ
「まあいまはただ落ち着くべきです」
私はただその語感から
私たちはただその語感から
茫漠とした泥のような瞳を想像していた
うろんとは不誠実という意味でしたか

泥のような瞳とは不誠実なまなざしだった
　まなざしは停滞しませんね
残念ながらとどまることがない
　揺れる、揺れるうろんとした瞳から
何を読み取れば良いのか
　何を読み取ろうとしたのですか

一体誰だというのだ
　気づきましたか
冷静になってみれば
　いま一度
こうして不用意に踏み込まれても
　穏やかな気持ちを持って
比較的穏やかな気持ちで私は
　どうかこちらを見てください
どうかして振りかざそうと思う
　　　　　　　　本当は私たちは

私たちはと歌われる歌を
　いま始まったばかりのようなこの歌を

そう簡単に信じてはいけない
明け渡すわけにはいかない

なだらかに立ち上がる親密性を
　たったいま始まったばかりだといって

簡単に
いっそう

信じ続けることなどできるだろうか
　信じ続けることができるように

こうして

一緒に考えて
そんな準備が私たちに
そうこの、私たちに
あるのですか？
ありますとも！

子午線通過

大群の移動にかちあう
されていないほうへ
手付かずのほうへ
それていくように
飛ばされてくる
優しい風を春風と呼ぶならば
春風の伝播に沿って　花々が
次々と耳をふさぐ
ふさぐような音でもないように思えたが、

一斉に耳をふさぐ
ミロのヴィーナスは肩から先の印象がおぼろげだが
記憶では
なんとなくその時耳をふさがなかったただ一人の
女であったように思う
やわらかく優しい

見続けたまま
視線を動かせなかった

像だとはわかっていたが
見開きはしないかと震えた
だめだった。見開いたまま
眼力は輪郭を焼き焦がし
果て、あなたの向こうにあなたの正確な骸布が描けてしまった
美しくやわらかい
聖骸布の成り立ちもうかがい知ることができる

こんなになった
見当がつかない
何を知っているからこの笑顔なのか
咲いている
透視された骨格の
左右に走る亀裂をすべて
笑顔と誤認できる
この溝を埋めたい

大陸が徐々に追ってくる、
ほら
これが黄砂だ
こんなところまで深く
根を伸ばしている
培地が砂だから懸命に水を吸おうとして
根は形状を保てない

それは水をつかむような仕事だ
砂粒は次第に堆積して
いまに地続きになるだろう
根がつなぐ

背水の目測では
隔てて向い合う我らがまずすすんで
倒れて
橋になる
いたわる
両岸、互いの肩をいだく
たったこれだけの共感というものでさえ
これほどまでの犠牲を要求してなお
完成にはほど遠い

ヴィーナス、私があなたの肩を抱こう！
この一言あるいは手指のかすかな震えで

驚いた橋は崩れ出し
咲き出し、笑い出し、出し、
越えて、
散ってくる黄砂に
砂が水を吸う
吸い込まれて消えてしまったが、ただ、

ただ単に安心しろ　安心しさえすればいい
安心して。約束、
見届けてやるから

商・三つの手を順に数え上げる

危ない！　伏せて！
首をこう、抱え込むように
　　みんなから隠すように
　　　大事に抱えて
　　　　抱えた本人も俯いて
　　　　　あれはまあるく

伏せて、何を勘違いしたのか伏せてしまったんですその時、
まぶたが自然に閉じられていきました

……そうやって、閉じていくのを内側から見ていましたあたし
そうなるともう見分けがつかないんです
見えない、当然ですね、
正確には
見えるか見えないかわからない。
閉ざされて
しおれた花というのかうつむいて固まる、動かし難い、盤根錯節

振り返ることでその時を
壊さないように再現できるかしら、

それはついに、とてもキレイ　でした
明けゆく底、むしろ裏です、まぶたの裏は光って
光ってあたし、見たんです、ついに残像なんかじゃなく、黒よりか灰色の裏
ぞっとしてカーテン、思わず閉めました、
ずっと引っかかってた、やっと機能した、閉めればよかったこれが何が

不自然だったかよく思い出すことでした、窓辺に
　　　差し出せ。
　　　　　見せつけよ。

その時は何も考えてなくてただ、見えないくせに見守ろう見届けよう、
と思って、見えない、あたしの背中
後を追ってうっすらと浮き出た背骨を端から数えていましたいつも
数え上げていくんですそうやって見つからないように背後から
　　　　　　　　　　　　　　　　　　　　　背中を見せるな

そう粋がって、いきがりけり、相当削り
相当ざくざく浮かべばね、それでよかったんです
　　このさい、ばね
　　　　はね　ていく　すると
くらくらする、というのかいつもの立ち眩みで

首の具合を補強しようとこめかみに手をかけたあたしは
あたしは手動に切り替えぜんまい、
何しろそのころ電気も止まっていましたから自動制御つまりあたしあた
しぜんまいあたしの手はぜんまい、知らず知らずのうちにぜんまい、
締めていました
なれませんでした慣れませんでした最後まで

どこからそこまでを最初と最後、そう呼びましたか

いま、落ち着いて振り返れば
重さに耐えかねてゴウレム、
あわよくば、粉々にしてしまおうと指先に力をこめてそのゴウレム、
ばらける腹部にいちどきゴウレム、
照準を合わせたんです
いっそあたしの手でって。

額をなでる、ためらいの、手！

もう去年の夏からずっとそこにあったものだったしそれに
いずれは朽ちてばらけるんじゃないかってずっと心配でした心配で
しっかり抱えて
風が、強い日は
　　　増え、
　　　　　散らせ、
窓も開けられなかった
閉ざしたっきり
嗚咽、ゴウゴウゴウドウド

軽くなれば上出来です
だいたい、もともとばらけていた
花粉ですから増え、風の強い日でしたから散らせ、
はじめっから　腹部　なんてシロモノじゃなかった

うそです、

ほんとは大事に抱えた力が
少し強すぎて
あたし苦しいって言った
そしたらその時の、目！
今でもうるわしくて。ホントに。

　できるかしら壊さないように
　せめて原型を留めることは

黒目から粒が音も立てずにこぼれたのです。
でもはじめよく見えなくて、
何だろう何だろうってよく見て取るために

　　あたしは何を振り下ろしたのか

身を乗り出すと、
　全体重を支えきれずに手首から下が落ちていきます

手が離れた
　手が落ちた
わかっているのにいつも朽木に手をかけているものです
　　崖、
　　　いつでもそこから手が落ちてしまいます

とにかくせめて見届けようと急いで
空、だか淵だかを見上げると

あちらから　じっと、のぞかれました
　あまりにあんまりなので
　　破らず、
　　　たたんで、
　　　　割りました。

光源を見る

正確に記そうとしても、その日の始まりは
計り知れない雲行きだった、としか記せない
見えてこない
腕組みに無限に循環する
なんとかならぬものか、を
なでていった、風か何か。
ちょっと待っておくれなもし。
不用心にも呼び止めてしまった
振り向いた　へきれき

地表はにわかに　温度差
かく乱、それと
停滞、
それらによる陽炎にきょうきょうと騒ぎ始める

各々が対峙したまま
四季を経て
一年でちょうど一つの回想をめぐった

その間
我らは互いを　光の速さで見ていた
光年とすればその回想は
9,456,592,710,000 km に及んだことになる

その距離はまぎれもなく我らの間の距離を
暗示していた
真近にいながら、どうしようもない遠さを埋められない

両岸をかろうじてをつなぐ
つり橋状の　ひとすじ
一足近づく度に
橋げたは抜け落ちていく

聞き分けなかった
我々は近似していた

予感もなく
はりつめた片端は手放される

ふいに
目を伏せて
理解を示す
偉大な頬が呑み尽くした納得を引き連れて
うなずくように　もといた道へと
ゆっくり向き返り

背を向ける
背を向けるその横顔にはすでに
すでに平素が
あらがいがたい平素がにじんで
連れ従えた納得ばかりが怒号する
灰色の自然史
いましもその平素が
すべてを呑み尽くして
もはや
摩滅した傾斜でしかない
生存階層表面に
くっきりと足跡を
塗り重ねていく

耳の高さで

そうするしかなかった
繰り返し
景色は落葉とともに
……気づかない
秋になると景色が変わる
田園でなくなる
腫れあがり
受け止めても
秋が

このまま
むき出しの空は
痛々しい
何も残さずに
痛々しい
言葉がうまく出ない間
熱を帯びた芽吹き
破裂音で話し
その日は
突如として、来る
破片を踏みしめて
歩くしかない

こういうことになる
春きしむ
咲き誇る
熱を帯びた芽吹きを経て

いつからか
草色に染まるつま先
落ちない
むかし
哲人賢者が最後に飲み干したのも
この草の煮汁だって
　ヘムロック
この名は
若草を踏みしめた足元からにじむのか

それでもなお
破裂音を聞き取り
愉快な音、ま行やぱ行を
どうにかくみ取ろう
熱を帯びた芽吹き
破裂音
糸口はどこであったかと

探し
踏みしめて
やるせないやわらかな芽吹きの数々
きちんとそろえて

やがてくるあの静かな、
あの静かな、

あの静かなのは、正確には
どこなのだろう

放り投げるためにも
できるだけ固く
丸めて
一握
押し込んでおく

行灯三月

幽かな音がする
行灯の油をすする音がする

　水音ですか
水をすくいあげる清らかな音ですか

行灯の油を猫がなめるので
夕刻一度ともる灯りは宵の頃には煙を引き
その身をひそめていた

庭の花は夜、ことごとく暗く
黒いうっそうとした一塊をなしている
咲き誇る花であったが

　　よく帰ってきたね
　　ようやくに帰ってきました

挨拶を交わす幽かな声がする
ようやくに花弁を広げて咲き誇る
昼見る花なんてのはね、君、
ガクだよ、ガクの部分のめくれにすぎないよ

咲くというのは笑うという意味だよ
よく笑うままでいい、笑っていて
三月は、四月の底の前途だもの
途上、その先、その角を曲がれば
かの人が歯ぎしりした坂

低く低くひるがえる坂
冬より間延びした
細く長い夕刻には
女子供が灯りをともそう
ゆっくりと時間をかけて
ほの明るく照らされ
山折りと谷折りのひるがえる坂道
を一望し、

朝、これを穏やかなる穏やかな詩に。

井戸の中の三つの首

糸車、糸紡ぎ、地底探検、
あとから来る者たちのためにと
火を盗む旅を私たちは続ける
滝つぼの先の地下水脈
胸元で絡まる来歴を知ることはできても
行き着く先を知らされない

　騒がしい夜の海原め
道をあけろ

この方は負傷している

かろうじて棄却から知性を得る
反証を許す
この知性は明らかに分が悪い

誰何せよ、尋ねよ、
私だ、来歴など霧散したと
気づかせるまで
そこかしこに行き倒れている父をかき集める
そのための遡上だ

騒がしい夜の群衆め
道をあけろ
この方は負傷している
あなた方も同じように
白くやわらかい乳房を開き

青く浮き出る
　あなた方の琴線をさらせ

琴線は風にさえしみるありさまだったが
負傷者には泉が与えられた
水鏡のほこりをはらうと
現れたのは似姿だった
三つの首である
これらは私の正確な似姿だ

三つの首がそれぞれ口々
声高らかに
憂鬱、高慢、きわどいユーモアを授けるだろう
三つの首である
髪をくしけずり、清拭をほどこし、手持ちの食料を分け与えよとは
昔読んだ通り
実際のところ与えられた泉はほかにもさまざまあり

放蕩、放埒、無言、語るべきことの枯渇、それを隠すに足るだけのさかしら、自己愛、繊細、激情、怠惰、自虐、どうしようもない惰性、無自覚、
あなたは、
他人を大切にできない自分に満足している、
欺瞞、無分別、黙秘、嘘、
首はいくつでも
もぎ取ることは可能であったが
自分は自分の首を三つ、すぐに選べた

聞き逃したとでも言うのか
リルケも言ったはずだ
もう一度言う
みなもの波紋は閉ざされない
この夜がいずれ
私たちそれぞれの
まなざしとなり、ものごしとなる

この父は豊かな泉
その水深は推し量らないでおく

虫の火

大部分が水でできている
おかげで冷やすにも熱すにも時間ばかりかかり
密度濃くまとわりつく
湿気といった水
を退けようにもまずマッチを擦るべきで、
あぶられて蒸発した水
が形を変えて内外へ出入りする
ほら、

曇天の夜、
薄明るい湿った砂場をつたう

かたつむりの道
ポジティブシンキングよ進め

一斉に蝶になって
ピンで羽を丁寧に広げてやると

下降に続く上昇

失速のち降下
羽を閉じて
力を抜いて
ただ楽にしていればいい
落下

仔グモみたいに自分の糸で
落下傘を作って
風に乗る
空いっぱいにひろがりを見せる

　それは曇天の下
　向光性の虫に行き場はなくて
　だからあてのない旅

加速が進むと
次第に発火
火の粉として、着火

　　曇天はあたたかく照らされ
　　輝きの中で

火の粉、消える前に

嘆息。

煙をひとすじ吐いて
消息は
ひろがりを見せる

Open cluster

君の体力が回復するまでの間
川沿いを行く散開
薄明の回生
幾重
を　見ていた

頬を冷ます風
川沿いを行く
私たちは
もう

やわらかい光の射し込みを
単純に
心地良いと思える
充足へ
違和感をどう飛び越えて
行こうか

吹きさらしのように感じるとしても
それならばなおいっそう
閉ざされていないということを
詩は
くみ出し続けよう
詩は結末をいそがない
くつがえしくつがえされるせめぎ合いをおそれない
詩人は対話を閉ざさないから

初出一覧

ヌル　「早稲田詩人」二十一号　一九九九年
ヒトの背丈ほどあるワレモコウ　「はちょう」合号　二〇〇一年
体温（「体温が流失に等しいのは、」改題）　「はちょう」計号　二〇〇三年
核心から最も遠ざかる　虹　「現代詩手帖」二〇〇五年四月号
最密充填むい（「むい」改題）　「早稲田詩人」二十一号　一九九九年
おや、おまえいつからそこにいた？（「おや、おまへいつからそこにいた？」改題）　「詩学」二〇〇二年五月号
みくまり草紙（「みくまり草子」改題）　「はちょう」トニ号　二〇〇〇年
きっかい（「大鈴　木怪」改題）　「はちょう」成号　二〇〇二年
ホームスイートホームもぬけ（「ホームスイートホーム蛻」改題）　「はちょう」ウム号　二〇〇一年
一致（「一致——ジュンジ10110010」改題）　「鐘楼」三号　二〇〇一年
遍在を見せる魔術（「キタス　エウカリスチア」改題）　「現代詩手帖」二〇〇二年二月号

田園の朝と夜　pluripresence　「鐘楼」八号　二〇〇四年
癒合する海嶺　「鐘楼」九号　二〇〇六年
子午線通過　「鐘楼」七号　二〇〇四年
商・三つの手を順に数え上げる（「鼎足鼎手隻眼商」改題）　「00」十二号　二〇〇一年
光源を見る（「クトゥルフの片棒を担ぎたい」改題）　「鐘楼」五号　二〇〇二年
耳の高さで　「豆」二号　二〇〇五年
行灯三月　「豆」三号　二〇〇六年
井戸の中の三つの首　「鐘楼」七号　二〇〇四年
虫の火　「早稲田文学」二〇〇〇年一月号新人賞佳作（未掲載）
Open cluster　未発表　二〇〇六年

——詩集にまとめるにあたって詩篇の全てに加筆修正した。

一九九九年八月から二〇〇六年三月までの作品を収録した。

背丈《せたけ》ほどあるワレモコウ——新しい詩人⑤

著者
コマガネトモオ
発行者
小田久郎
発行所
株式会社思潮社
〒一六二—〇八四二　東京都新宿区市谷砂土原町三—十五
電話〇三（三二六七）八一五三（営業）・八一四一（編集）
FAX〇三（三二六七）八一四二　振替〇〇一八〇—四—八一二一
印刷
三報社印刷
用紙
王子製紙　特種製紙
発行日
二〇〇六年十月十五日